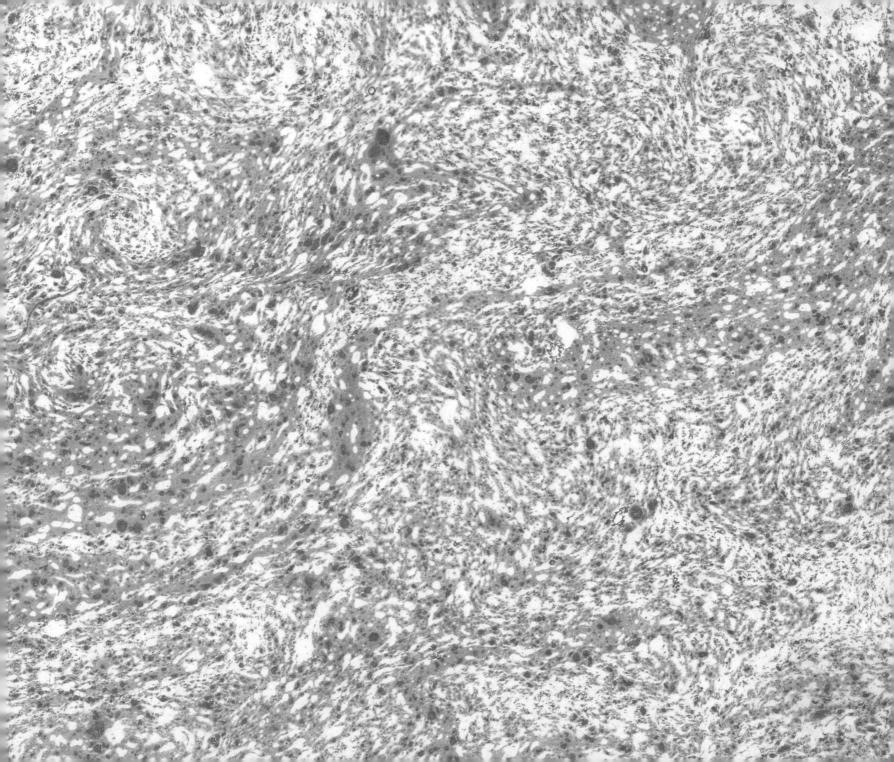

LA CAMA DE ISABELLA

Alison Lester

Para mi hermano Charlie

Ediciones Ekaré
Caracas

Cuando íbamos a la casa de la abuela,
siempre dormíamos en la cama de Isabella.
La cama estaba en el ático, junto con todas las cosas
que la abuela había traído del Sur.

¿Quién era Isabella?
La abuela nunca lo había dicho.

Al pie de la cama estaba un baúl de sándalo
que llenaba el cuarto con su dulce aroma.
A mi hermano Luis y a mí nos encantaba abrirlo
y mirar las cosas guardadas allí durante tantos años.
Pero la abuela jamás nos acompañaba.

–Demasiados recuerdos -decía-.
Ahora bajen a ayudarme en el jardín.

Allí la abuela nos enseñaba a entresacar las malezas
y a podar las plantas de tomate para que crecieran fuertes.
Muchas veces cantábamos mientras trabajábamos.
A menudo, la abuela entonaba una melodía tan triste y tan bonita,
que yo me quedaba detenida escuchándola.
Entonces, le pedía que me contara de dónde venía esa música.
Y una noche, al acostarnos, por fin lo hizo.

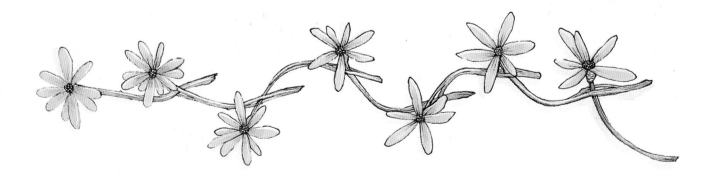

La canción contaba la historia de una joven cantante
que vivió hace muchos años
en un lugar perdido en la Cordillera de los Andes.
Se llamaba Isabella y estaba casada con un minero muy buenmozo.
Un día, buscando un yacimiento de plata,
su esposo cayó al Río Negro y murió ahogado en sus frías aguas.
El corazón de Isabella se apagó para siempre.
Con su pequeña hija, viajó a un país lejano
para comenzar una nueva vida.

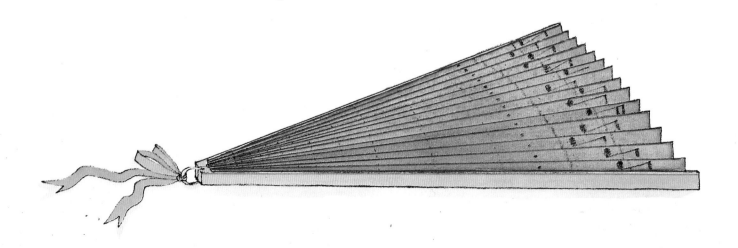

La canción de Isabella

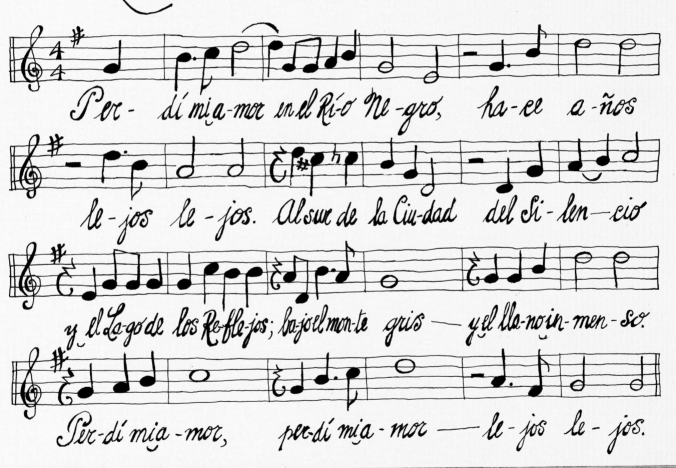

–Ésta era su cama, la cama de Isabella -dijo la abuela-.
Su esposo hizo las figuras de plata de la cabecera.
Después de su muerte, la figura del centro desapareció
y se perdió para siempre.

–¿Y qué pasó con Isabella? -pregunté.

–Ya es tarde, Ana -dijo la abuela-. Hora de dormir.
Y tarareando suavemente la triste melodía,
apagó las luces y bajó las escaleras.

Las figuras de plata brillaban bajo la luz de la luna
y la rama del castaño rasguñaba la ventana.
Luis y yo susurrábamos adormilados mirando las misteriosas pinturas
colgadas en la pared frente a la cama.
Al dormirme, sentí que flotaba hacia el cuadro del mar.

Desperté de pronto y encontré que la cama navegaba
en medio de las olas.
El viento aullaba entre las velas y el agua salada nos salpicaba.

Alrededor nuestro saltaban los peces voladores,
brillando como los peces de plata de la cama de Isabella.

Luego, rodamos por un llano inmenso.

El sol del mediodía nos quemaba,
fulgurando como el sol de plata de la cama de Isabella.

Silenciosamente nos deslizamos sobre un pálido lago de espejo.

La luna se reflejaba en el agua sedosa,
titilando como la luna de plata de la cama de Isabella.

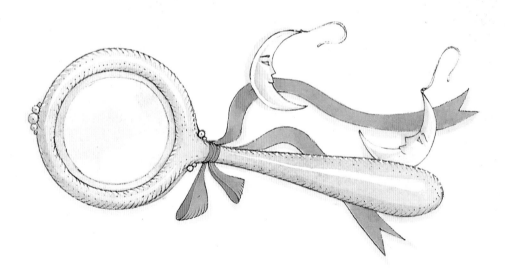

Escalamos el escarpado sendero de un monte gris
que se elevaba sobre una barranca profunda.

Un cóndor daba vueltas sobre nosotros,
centelleando como el pájaro de plata de la cama de Isabella.

Atravesamos una silenciosa ciudad de piedra.

Unas pequeñas flores amarillas colgaban en las enredaderas,
brillando como la flor de plata de la cama de Isabella.

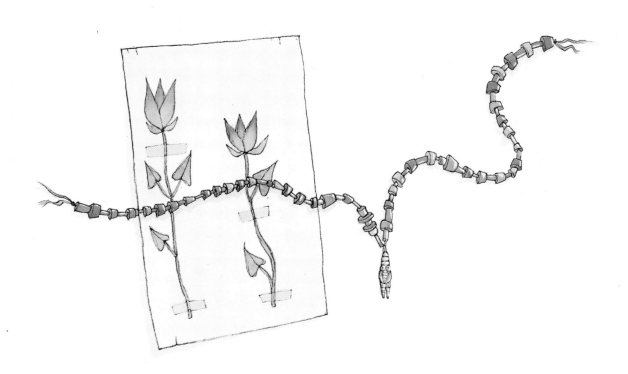

La corriente nos arrastró por un río de negros remolinos.

En las ramas que se mecían sobre las aguas,
una serpiente nos miraba,
resplandeciendo como la serpiente de plata
de la cama de Isabella.

EL BOLETO DEL
BARCO DE RÍO

25.31

DESDE LAS MONTAÑAS AL MAR

En el remanso al pie de una tronante catarata,
chocamos contra las raíces de un viejo árbol.

Y en el tronco, estaba tallado un corazón.
Era luminoso como el corazón de plata del collar
que la abuela nunca se quitaba.

Entonces, supimos que la abuela era la Isabella de la triste canción.

La luz de las estrellas nos llevó volando de regreso
a la casa de la abuela.

Al amanecer, la abuela subió a despertarnos.

—Abuela, ésta es tu cama, ¿verdad? -le pregunté-.
Y tu corazón es la figura que se había perdido para siempre.

La abuela desprendió el corazón de plata de su collar
y con cuidado lo colocó en la cabecera de la cama.

—Y ahora, mi pequeño Luis y mi querida Ana,
si quieren, podemos ver juntos el viejo baúl -dijo la abuela sonriendo-...

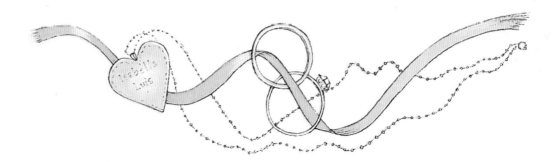

...Tengo muchas cosas que contarles.

Tercera impresión, 1998

© 1991 Alison Lester
© 1992 Ediciones Ekaré
Av. Luis Roche. Edificio Banco del Libro.
Altamira Sur. Caracas-Venezuela.
Todos los derechos reservados
para la presente edición en español.
Título del original: *Isabella's Bed*.
Publicado por primera vez en 1991 por Oxford University Press
253 Normanby -South Melbourne- Australia.
Traducción: Clarisa de la Rosa
ISBN 980-257-118-0
Impreso en Caracas por Editorial Ex Libris, 1998

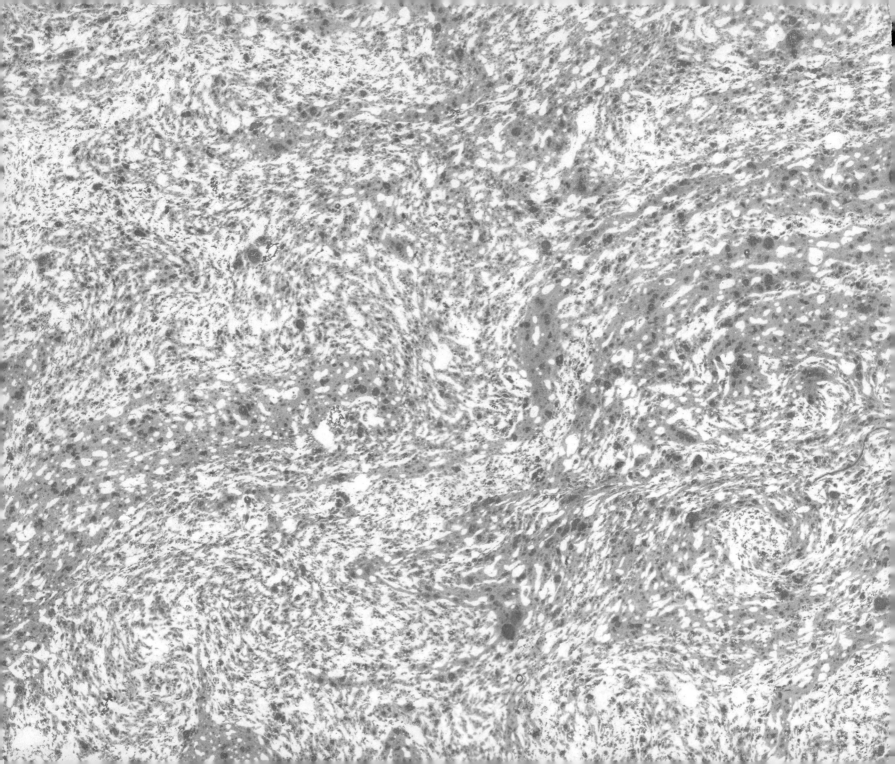